LA DÉFAITE

DES

SEPT PÉCHÉS CAPITAUX

SUIVIE DE

La Puce. — Si j'étais Peintre.
Une Journée a Sahurs. — Quand nous
Marierons-nous ?
Le dernier Réveil d'une Vierge.
Le Coin du Feu.

Par LEFORT Aîné, de Rouen.

DEUXIÈME ÉDITION, CORRIGÉE ET AUGMENTÉE.

ROUEN
IMPRIMERIE LÉON DESHAYS
Rue Saint-Nicolas, 28 et 30.

1879

LA DÉFAITE

DES

SEPT PÉCHÉS CAPITAUX

26005

OUVRAGES DU MÊME AUTEUR

Conseils à Chloé sur le choix d'un Mari, d'après le système de Lavater, suivi de : *A Félicien David sur son Christophe Colomb; Poésie sur je dîne chez ma Mère,* comédie; *l'Etoile.*

Sel, Sucre et Vinaigre, simple aperçu sur les différents Pets de chacun de nous, poésie, suivie de : *Marie-toi donc, mon Pierre? Mon Rêve, Lettre au Ciel, Petits Oiseaux, à la Fontaine, Premiers Cheveux gris.*

Observations à Irénée pour la dissuader de se mettre au couvent par chagrin d'amour, poésie galante, suivie de : *Le Bonheur.*

Un Dîner en ville, suivi de : *Souvenir* et *Au Presbytère.*

LA DÉFAITE

DES

SEPT PÉCHÉS CAPITAUX

SUIVIE DE

LA PUCE. — SI J'ÉTAIS PEINTRE.
UNE JOURNÉE A SAHURS. — QUAND NOUS
MARIERONS-NOUS?
LE DERNIER RÉVEIL D'UNE VIERGE.
LE COIN DU FEU.

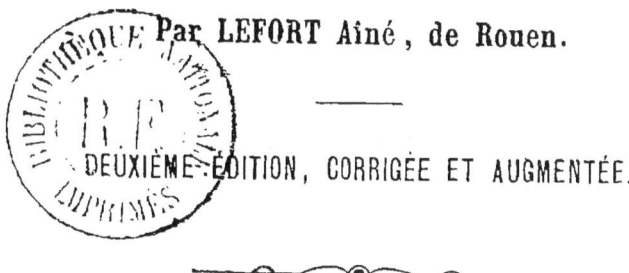

Par LEFORT Aîné, de Rouen.

DEUXIÈME ÉDITION, CORRIGÉE ET AUGMENTÉE.

ROUEN
IMPRIMERIE LÉON DESHAYS
Rue Saint-Nicolas, 28 et 30.

1879

LA DÉFAITE

DES

SEPT PÉCHÉS CAPITAUX

Zulmé, quand toutes vos amies
Commettent de certains péchés.
Je cherche par quelles magies
Vos esprits en sont préservés.
Une douce et bonne nature
Jointe au plus sain raisonnement,
Tels sont, de cette vie si pure,
Les beaux secrets probablement.
Quoi qu'il en soit, dans mon langage
Avant tout je serai sincère ;
Si ma plume vous rend hommage,
C'est qu'il faut au vrai satisfaire.

L'Orgueil, ce grand faible des cœurs,
Ne laisse aucune trace en vous ;
De ses dédaigneuses froideurs
Vos traits sont bien innocents tous.

On vous aborde avec aisance,
L'humble aussi bien que le plus haut,
Et tout bas la reconnaissance
De chacun ne vous fait défaut.
A l'exemple de la prairie
Envoyant au loin ses senteurs,
Vos bontés, charmes de la vie
En tous lieux vous gagnent les cœurs.

Je ne parle de l'Avarice
Que pour faire mieux ressortir
Tout ce qu'a de hideux ce vice
Qui ne peut vous appartenir.
Vous qu'à bon droit l'on peut sur terre
Nommer l'espoir des malheureux,
Vous avare, oh quelle chimère...
Vos dons partout sèchent les yeux.

L'Envie, cette sombre tigresse
Pour laquelle rien n'est sacré,
Émousse sa griffe traîtresse
Contre votre immense bonté.
Elle a beau faire en cette vie,
Pour se glisser dans votre cœur,
Rien qu'à ce vilain nom d'Envie
Il oppose paix et bonheur.
Que vous importe qu'une femme
Veuille primer sur vos beautés,

Quand chacun admire en votre âme
Les dons que Dieu a déposés.
Vous doublez encor leur puissance,
O Zulmé! par cet air d'oubli
De leur sympathique influence
Sur tous les cœurs présents ici.

Que dire de la Gourmandise?
Elle n'est point de votre fait.
Peut-être un peu de friandise
Aurait-il pour vous quelque attrait?
Ce faible n'est point disparate;
Qui donc n'est pas un peu friand?
On dit toute âme délicate
Encline à ce petit penchant;
Mais de cela qu'il y a loin
A cet être au gosier glouton,
S'entourant avec un grand soin
De mets et vins jusqu'au menton.
Il ne vit rien que pour sa trogne;
Son seul souci c'est de manger;
Il n'a pas même de vergogne;
Son repas fait,.. c'est pour ronfler.

Je ne vous vois jamais colère,
Et vous êtes vive pourtant;
Mais votre raison sait se faire
Une loi d'un calme prudent.

Gronder est pour vous dure chose,
Vous aimez beaucoup mieux souffrir.
Combien devraient prendre une dose
De votre loi pour élixir!
Et que gagnerait votre cœur
D'exhaler bien fort son courroux?
On n'efface point une erreur
A crier comme autant de fous.
Une fois pourtant en ma vie
Je vous ai vue vous animer :
C'était en faveur d'une amie
Qu'on venait de calomnier.
Zulmé, la cause était trop belle
Pour qu'il y eût chez vous péché.
Car c'est une règle éternelle
De flétrir une lâcheté.

Il semble qu'un peu de paresse
Pourrait bien vous appartenir :
La beauté, par quelque mollesse.
Sait si promptement éblouir !
Il n'en est rien. Votre esprit sage
A compris que tous les malheurs
Trop souvent forment l'entourage
De ce vice aux dehors trompeurs ;
Aussi les arts et leur richesse
Emploient votre moindre loisir,
Et l'exquise délicatesse
De vos tableaux sait nous ravir.

Outre les pinceaux, votre aiguille
Sait broder les plus jolies choses :
Tantôt, c'est une jeune fille
Sur le tissu cueillant des roses,
Tantôt encor un papillon
Faisant courir un bel enfant,
Ou bien un noble médaillon
Encadrant un chiffre élégant ;
Enfin, vous occupant sans cesse.
Vous fournissez aux loteries
De l'enfance et de la vieillesse
Les plus fraîches coquetteries.
Chacun ici garde en mémoire
D'aussi généreux dévoûments.
Quel plus joli fleuron de gloire
Que le bonheur des indigents !
Un dernier péché... la Luxure.
Je recule à le définir,
Tant j'ai peur que votre âme pure
De mon langage ait à rougir ;
Et le fait de votre innocence
N'est point par un manque d'attraits.
L'amour avec persévérance,
Vous entoure de ses filets.
Ne croyez pas qu'il soit facile
De vous voir belle tous les jours
Sans rêver à l'art difficile
De vous soumettre aux doux amours.

Plus d'une entreprise galante
Est tentée par nombreux amants;
Chacun à vous se recommande
Par petits soins, aveux brûlants;
Mais, calme dans votre innocence,
Vous éconduisez tous ces feux
Avec l'aimable déférence
Qui sied si bien à vos beaux yeux.
Enfin, s'il est une luxure
Que vous vous permettrez un jour
Ce sera pour votre âme pure
De prendre un mari par amour.
Vous aimerez comme l'on aime
De l'élan le plus virginal,
A ce titre, ce péché même
Deviendra d'un prix sans égal.

Maintenant Zulmé j'ai fini,
Mon examen trop scrutateur;
De pardonner n'ai nul souci :
Un ange n'est pas un pécheur.

LA PUCE

—

Je ne suis qu'une faible puce;
Sur un grabat passant mes jours;
Le sang de pauvres gens je suce,
Encore, encore et puis toujours...
Mais voici venir grande dame
Avec une plume au chapeau;
Elle a l'air d'être bonne en l'âme
Et rit à l'enfant au berceau.
Des secours de toutes natures
S'échappent bientôt de ses mains :
Du pain, du bois, des couvertures
Conjurent les mauvais destins...
J'aime déjà la main si belle
Qui semble une envoyée des cieux,
Et sous les plis d'une dentelle
Je suis cet ange en d'autres lieux.

Adieu, adieu, triste indigence,
J'entrevois pour moi d'heureux jours;
Je cours au sein de l'opulence,
Sous la toilette des amours.
De quelle exquise nourriture
Mes sens sont déjà satisfaits;
Sein de lys, ta forme si pure
Est le beau temple où je me plais.
J'ai soin d'agir avec sagesse,
Mordant peu pendant son sommeil.
Une beauté que si je blesse
Me fera la chasse au réveil.
Et puis, de mes chaudes cachettes,
J'entends des choses si jolies¹
On parle fêtes et toilettes,
Amours, sermons et comédies.
Il est vrai que parfois l'absence
Fait naître quelque mot méchant
Sur ceux dont rien que la présence
Rendrait empressé, obligeant.
N'importe, c'est beau le grand monde
Dans son apparat des salons,
Et sa politesse profonde
Faisant croire aux cœurs vrais et bons.
Mais, oh ! revers de toutes choses,
Pour m'être un peu trop avancée
Sous une guimpe aux rubans roses,
Soudain la chasse m'est donnée.

Une inflexible chambrière,
C'en est fait. va trancher mes jours;
Je trouve mon heure dernière
Où je croyais régner toujours.
Adieu, adieu, grandeur funeste,
Tes reflets, hélas! m'ont perdue;
Adieu, beau sein que je regrette
Pour m'y être si bien repue.
Vous, pauvres gens, me laissant vivre
Tant bien que mal sur le grabat,
Je regrette vos nuits de givre :
Elles valaient mieux que l'éclat.
Mais j'ai voulu, comme bien d'autres,
Chercher tout mon bien-être ailleurs.
Restons, restons parmi les nôtres,
On y trouve encor des douceurs.

———

SI J'ÉTAIS PEINTRE

———

Si j'étais peintre, je voudrais,
De ces femmes et de ces fleurs,
En un jardin plein de douceurs,
Faire un tableau brillant d'attraits.

Assises en un rond sur l'herbe,
Ce gai mélange des parures
Et des différentes verdures
Présentait un coup d'œil superbe.

Et ce bassin et ces roseaux
Au centre d'un terrain en pente,
Joints aux plants d'où l'ombre serpente
Pour venir jouer sur les eaux;

Puis tous ces oiseaux voltigeant
Comme à plaisir près des coiffures
Pour remonter sur les toitures,
Quel fond de tableau ravissant!

Le soleil, en vrai curieux,
Perçait à travers les feuillages
Pour scintiller aux blancs corsages
Et se jouer dans les cheveux.

Il passait des perles aux fleurs
Et des fleurs aux brunes prunelles,
Comme pour leur dire qu'entre elles
Tout était éclat et fraîcheurs,

Et que, bien près de disparaître,
Il venait les complimenter
Sur l'art qu'elles ont de charmer
Dans ce joli cadre champêtre.

Si j'étais peintre, je voudrais,
De ces femmes et de ces fleurs,
En un jardin plein de douceurs,
Faire un tableau brillant d'attraits.

UNE JOURNÉE A SAHURS

Sur l'onde mobile,
Glisse long bateau,
Effleure chaque ile
De ton vol d'oiseau ;
Déroule, à mes yeux,
L'aspect imposant
Du mont sourcilleux,
Du pré verdoyant.

Offre du rivage
Les nombreux reflets,
Le troupeau, l'herbage,
Les touffus bosquets,
La jeune fillette
A peine éveillée
De ta course alerte
Comme émerveillée.

Brises matinales
Qui ; sur l'entrepont,
Par courts intervalles,
Caressez mon front ;

La douce fraîcheur
Que donnent vos ailes,
Dispose mon cœur
Aux pensées nouvelles.

Bateau file vite,
D'ici j'aperçois
Château sur beau site
Aux tours d'autrefois,
Plus loin, un clocher,
Dont la voix plaintive,
Du haut du rocher
Meurt sur cette rive.

File, car Sahurs
M'attend aujourd'hui
Avec ses blés murs ,
Ses bosquets à lui,
Ses blanches maisons
Fraiches et coquettes,
Ses champs, ses vallons,
Ses fleurs, ses coudrettes.

C'est lui cette fois,
L'amarre est lancée,
Du bateau, les voix
Disent l'arrivée.

Son léger butin
Glissé sous le bras,
Chacun au chemin
Sait porter ses pas.

Paisible chaumière,
Où l'humble paysan
Poursuit sa carrière
Tout en labourant,
Salut, votre asile
Parle du bonheur,
D'une vie tranquille,
Ce charme du cœur.

Chers amphytrions,
Qu'enfin j'aperçoi,
Qui d'attentions
Et d'égards pour moi
Vous montrez remplis,
Souffrez qu'en ce jour
Je vous presse amis
Les mains tour à tour.

Heureuse journée
Dure bien longtemps,
Les champs, la feuillée,
Les sites charmants,

Les reflets dorés.
Du calme des eaux
Parfois sillonnés
Des légers bateaux.

Le bruit des pêcheurs
Ramenant leur seine,
Ce fruit des labeurs
Conquis avec peine
Font tant de plaisir
A les contempler,
Qu'on sent le désir
De ne les quitter

Au déjeuner, vite,
Oh! qu'il a d'attraits,
Son lait où s'agite
La tartine exprès,
L'œuf et la cerise,
Frais comme un printemps,
En lui tout aiguise
L'appétit des gens.

Charmants entretiens
Venez apporter
Tous vos jolis riens,
Qui font tant jaser.

Fine raillerie
Prends parfois ta place,
Ta coquetterie
Te vaudra ta grâce.

A toi bienvenue,
Splendide soleil
Qui vainquant la nue
Reparait au ciel,
Tes feux bienfaisants
Vont de leurs rayons
Ranimer les champs,
Dorer les vallons.

« Messieurs écoutez,
« C'est un bruit de cloche
« Et si vous priez,
« Le moment approche,
« La messe au village
« Va se célébrer
« Quelque personnage
« Y veut-il aller ?

Charmante Amélie,
Qu'il sied à vos yeux
D'avoir sympathie
Des choses des cieux,

Votre douce voix,
Bien plus qu'un sermon
Nous donne la foi,
Et vainc le démon.

. . . .

. . . .

Propre et simple Eglise,
Ta pieuse enceinte,
Ton arcade grise,
Ta prière sainte,
Tout surprend le cœur
D'un profond respect,
Et du créateur,
Lui parle en secret.

Rustiques paysans
Dont les fronts ridés
Trahissent des champs
Les mille âpretés.
Qu'on aime à vous voir
Si bien recueillis,
Prier plein d'espoir,
Sous le saint parvis.

Bénédiction
Envoyée du ciel,
De ton doux rayon
Garde à tous le miel.

Infiltre aux cœurs,
Ce grain de bonté,
Dont les *vraies ferveurs*
Ont la primauté.

Libres comme l'air,
Livrons-nous aux champs,
Et comme l'éclair
Courons en tous sens
De nos fantaisies,
Suivons les caprices,
Leurs étourderies
Ont mille délices.

Beaux petits oiseaux,
Qui sous les feuillages.
Jetez aux échos
Vos brillants ramages,
Vous êtes le charme,
L'honneur de ces bois,
Et vibre mon âme,
Sous vos douces voix.

Ici. c'est un champ,
Oh ! le joli blé,
Qu'il ploie doucement
Son épi doré,

Quels tendres soupirs
Exhalent son sein,
Lorsque les zéphirs
L'agitent soudain.

Céleste bleuet,
Je ne puis te voir
Sans émoi secret,
Tu es le miroir
De cet amour pur
Que donnent les cieux
Et dont ton azur
Sert d'emblême heureux.

Oh! de te cueillir
Attrayante fleur,
Je sens le désir,
Viens de ta couleur
Décorer ma main,
Charmer mon regard,
Toi, dont le destin
Sait plaire sans art.

Et toi sa compagne,
Blanche marguerite,
Genêt de montagne
Que l'oiseau visite;

Cloches élégantes,
Jolis boutons d'or,
Mes mains caressantes,
Vous cherchent encor.

Par votre assemblage
Modeste et champêtre,
Une pensée sage
En moi je sens naître,
Simples fleurs des champs
A peine ici-bas,
Bien des élégants
Voient-ils vos appas !

De vos sœurs aînées
L'orgueil des jardins,
Les tiges parées,
Les parfums divins
Disent que chez vous
Ainsi que chez l'homme,
Le bonheur pour tous
N'a pas même somme.

Pour elles, les vases
Les plus somptueux,
Le satin, les gazes
D'un sein onduleux.

Le fin demi-jour
Du tendre boudoir,
Le frisson d'amour
D'un cœur plein d'espoir.

Pour vous, le désert
Et tout son ennui,
L'aquilon, l'éclair,
La brumeuse nuit,
Le fer du faucheur,
Lors de la moisson ;
Enfin, le malheur
Pour seul horizon.

Prenez Amélie,
De ces fleurs agrestes
A l'instant cueillies,
Les touffes modestes ;
Je sais il est vrai
Leur simplicité,
Mais elle est l'attrait
De la vraie beauté.

Du soleil fuyons
L'ardente chaleur,
Au bois, demandons
Un peu de fraîcheur,

Mesdames, ouvrez
Votre blanc mouchoir,
Ce roc sous vos pieds
Invite à s'asseoir.

Qu'il fait bon ici,
Quel noble silence,
Comme rejaillit
Avec élégance
Le rayon des cieux.
Sous ces arbres verts,
Dont chaque hôte heureux
Suspend ses concerts.

Messieurs, voici l'heure
Des charmants souhaits,
Oh ! si pour demeure,
Un château j'avais,
J'y voudrais fixer
Les plus doux plaisirs,
Afin de charmer
Vos moindres désirs.

Je voudrais qu'il eût
D'onduleux ruisseaux,
Un grand bois touffu,
De riants coteaux,

Surtout tant de fleurs,
Mesdames, qu'enfin,
Ce fût pour vos cœurs
Un nouve Eden.

S'il faut y glisser
La philosophie,
Il pourrait tracer
L'Eden de la vie
Où tous les humains,
Amis des vertus
N'eussent que destins
Comme on n'en voit plus.

Contraste frappant
Des réalités,
Dont les yeux souvent
Sont trop attristés,
Jalousie pourquoi
Glisser dans les cœurs
Ton vil désarroi,
Source de malheurs !..

Mais on a parlé
De brune et de blonde,
Sujets de beauté,
Qui dans ce bas monde

Comptent des amis
Tellement nombreux,
Qu'ils font deux partis
A jamais fameux.

La brune aux attraits
Si puissants à voir,
Surtout aux reflets
D'un brûlant œil noir
Excite un transport
Voisin du délire,
L'amant de son sort
Chérit le martyre.

La blonde aux yeux bleus
Séduit tendrement,
Son regard soyeux
Est si pénétrant,
Qu'on sent un rayon
Comme issu des cieux,
Gagner la raison,
Fasciner les yeux.

Comment prononcer
Entre ces beautés
Faites pour régner
En célébrités,

Leur domaine immense
Ne peut s'amoindrir,
Transiger je pense,
Doit être un plaisir.

Les cheveux chatins
Que l'attrait seconde,
Ces rivaux lutins
De brune et de blonde
Semblent tout exprès
Créés pour les gens,
Que ce beau procès
Rendrait hésitants.

Mais si je m'étonne,
Oh ! c'est qu'Amélie
Sur la blonde tonne,
Sans parcimonie,
Sans doute, elle ignore
Ce que ses cheveux
Qu'un tendre blond dore
Ont de gracieux.

Six heures déjà,
Amis, il me faut
Laisser discours là,
Songer au bateau,

Puisque verre en main
Il faut vous quitter,
Un si doux destin
Ne puis qu'accepter.

La bonne galette,
Le cidre mousseux,
Tout cela reflète
Le temps des aïeux.
Les tracas charmants
Que prenaient nos mères
Pour de temps en temps
Être patissières.

Assez de ces choses...
Pourtant un vieux vin,
Riche en reflets roses,
Sait couler soudain,
Mais l'heure qui vole
Bannit les façons
Plus qu'une parole,
Trinquons, puis partons.

Adieu chers amis,
J'aurai souvenir
Des instants fournis
Par un pur plaisir,

Ils seront pour moi
Ce baume du cœur,
Tempérant la loi
D'un constant labeur.

QUAND NOUS MARIERONS-NOUS?

———

Ma petite Toinette,
Quand nous marierons-nous?
Sera-ce aux pâquerettes
Ou bien aux jours plus doux?

Abrège l'avenir.
Si jolis sont tes yeux,
Que mon plus grand désir
C'est celui d'être heureux.

Puisque chez le notaire
On parle d'un contrat,
Qu'il soit prompt à le faire,
Mon cœur le signera.

Puis, courant à la ville,
Nous aurons des bijoux
Et chaque objet utile
A de nouveaux époux.

A la noce, Toinette,
Je serai près de toi,
Mais la sage étiquette
M'imposera sa loi.

Aussi j'aurai le soir,
Pour me dédommager...
Oh ! quel plus doux espoir
Que l'heure du berger ?

Plus belle qu'une reine,
Oui, vraiment, tu seras
Sous tes cheveux d'ébène
Et tes coquets appas.

Chacun, sur ton passage.
Dira voici la perle
Des filles du village,
Voyez « Comme elle est belle !

« Est-il heureux, ce Pierre,
« D'être enfin son mari ! »
Mon âme heureuse et fière
Chérira ces on-dit.

Ma petite Toinette,
Quand nous marierons-nous ?
Sera-ce aux pâquerettes
Ou bien aux jours plus doux ?

LE DERNIER RÉVEIL D'UNE VIERGE

OU LA TOILETTE DE MARIAGE

L'astre du jour vient de ses feux
A travers tes rideaux soyeux,
Eclairer ta couche pudique.
Sur ta paupière endormie
Il invite à nouvelle vie,
Ton âme encor toute angélique.

Eveille-toi tendre colombe
De ta belle tête qui tombe,
Relève le front délicat,
La fleur cachée sous sa capsule
S'ouvre, alors que le crépuscule
Vient lui prêter son doux éclat.

De ta prière qui s'envole
Aux cieux où monte l'auréole,

Dieu reçoit l'aimable candeur.
Et des anges qui fraternisent,
Les cœurs célestes la redisent
Pure et tendre comme est ton cœur.

Dis adieu fraîche jeune fille
A cet heureux lit ou scintille
Le seul éclat de tes beautés.
A ta solitaire chambrette,
Au miroir qui fut l'interprète
D'attraits discrètement voilés.

De ces gracieuses chimères,
Que parfois tes pensées légères
Offraient à ton âme attentive.
Aujourd'hui, le vague modèle,
Sous les traits d'un époux fidèle
Prend une forme décisive.

Avec soin une main habile,
Des riches produits de la ville
Sait parer tes contours flatteurs.
L'art se joignant à la nature
Va ceindre ta taille si pure
De l'emblème de ses candeurs.

Ainsi qu'à la fleur printanière,
Un duvet de mousse légère

Prête son velours verdoyant;
Tes jeunes appas entourés
De tissus aux blanches beautés
Prennent un attrait plus touchant.

Puis, de ta noire chevelure
Dotée d'une belle frisure,
Ressort un charme tout nouveau,
La riche épingle qui scintille
Et la fleur d'oranger qui brille,
Y semblent comme à leur berceau.

Ainsi parée vers ton miroir,
Avide encor de te revoir
Va présenter ta douce image,
Rien de plus attrayant jamais,
Peut-il égaler les attraits,
Dont le ciel te fit le partage.

D'un bruit perdu dans le lointain,
Lequel, bientôt devient certain,
Les échos te font tressaillir,
Vois, c'est le superbe attelage
Du plus élégant équipage
Qu'un prétendant puisse t'offrir.

En quelques instants se présente,
Celui dont la flamme constante

Se peint en son ardent regard
A la fois heureux et timide,
Son langage que l'amour guide
T'adresse un éloge sans art.

Sous cet aveu plein d'un doux charme,
De tes yeux s'échappe une larme,
Perle de ton cœur innocent,
Ton trouble en cet instant suprême
Porte son excuse en lui-même,
Car l'autel est là qui t'attend!...

Sois sans crainte belle future
La félicité la plus pure
Fera le charme de tes jours.
J'en atteste cet embarras
De celui qui, sans nuls ébats,
Dit : « *je vous aime* » en ses discours.

AU COIN DU FEU

Ah qu'il fait bon au coin du feu
Assis à côté de sa femme,
On y dit là tout ce qu'on veut
En soufflant le bois qui s'enflamme.

Loin de ces mille bruits du monde,
Qui pour d'autres ont tant d'attraits,
Ou savoure une paix profonde,
Les pieds fixés sur les chenets.

L'un l'autre en un tendre langage
Recherchent la meilleure idée,
Pour fixer au sein du ménage
Cette aisance tant recherchée.

L'Economie, la vigilance
Paraissent les plus surs moyens,
Point d'une ruineuse élégance
Dans ses mille et mille riens.

Point de réceptions fréquentes,
Étrangères souvent au cœur,
Suivies de critiques ardentes,
Si l'on se voit dans le malheur.

Et de leurs points de vue divers,
Chacun esquisse l'avenir
Selon ses désirs les plus chers,
Lutins prompts à nous éblouir.

De ses amis dans le silence
Passe-t-on la revue parfois,
Chez les uns grandit l'opulence,
Quand les autres sont aux abois.

S'il arrive que des naufrages
Soient l'œuvre des humains travers,
On y puise enseignements sages
Contre de semblables revers.

Et lorsqu'on cite les manquants
A ce grand banquet de la vie,
Amis, connaissances, *Parents*
Ont un pleur..., une rêverie.

Puis se plongeant dans son journal,
On blâme on vante promptement
Les ministres qui bien ou mal
Dirigent le gouvernement.

Par propos de toutes espèces,
On ferait ci, plutôt que ça,
Mais grâce aux nouvelles diverses,
Tous ces beaux projets restent là.

Vers sa femme toute occupée
Des soins d'un petit vêtement,
Vient-on émettre sa pensée
Quelques fois sans discernement.

Elle répond avec tendresse,
Mon cher, tu ne t'y connais pas,
En même temps d'une caresse,
Elle vous étreint dans ses bras.

Le plus charmant baiser s'échange
Et comme au cœur il fait du bien,
On goûte un bonheur sans mélange,
Résultat du plus doux lien.

Pendant ce... la jeune marmaille
Se divertit à vos côtés,
Elle crie, rit et se chamaille
Au milieu des joujous brisés.

Soudainement naît une guerre
Parmi tous ces jolis bambins,
Ils offrent déjà sur la terre
L'image des pauvres humains.

Quelques bonbons, quelques caresses
Sèchent bien vite tous ces pleurs,
Que ne peut-on de nos tristesses
Tarir aussi bien les douleurs.

Rouen. — Imp. L. DESHAYS, rue Saint-Nicolas, 30.

www.ingramcontent.com/pod-product-compliance
Lightning Source LLC
Chambersburg PA
CBHW061701180626
46818CB00003B/1197